KB270311

지팽이

지팽이

홍성규 시집

인쇄일 | 2025년 09월 22일
발행일 | 2025년 09월 25일

지은이 | 홍성규
펴낸이 | 김영빈
펴낸곳 | 도서출판 시아북(詩芽Book)

출판등록 | 2018년 3월 30일
주소 | 대전광역시 동구 선화로214번길 21(3F)
전화 | (042) 254-9966
팩스 | (042) 221-3545
E-mail | siab9966@daum.net

값 12,000원

ISBN 979-11-94392-47-7(03810)

지팽이

홍성규 시집

강 건너 먼 산마루 바라봅니다.

추억이 주름지듯 돌아드는 곳 거기 고샅길 모퉁이 돌아 어제가 오늘이고 오늘이 내일이듯 살아오며 모아 온 글줄의 실마리들을 털어내고 다듬으며 끝끝내 미련을 털어내지 못한이 아쉬움이랍니다.

아니 흔들리는 바람결 한 자락 내려놓는 평안의 숨결인지도 모르지요.

고맙고 감사합니다.

아들들의 성원으로 출판에 이르게 됨에 또 다른 감회에 젖어 봅니다.

2025년 09월

홍성규

시인의 말　005

1부
시조

부들　013
난초　014
반지꽃　016
포도　017
집세기　018
모란　019
국화　020
꽃 산불　022
정　023
매화　024
기다림　025
게　026
저녁놀　027
대금　028
호수　030
장승　031
죽순(대나무)　032
조롱박　034
연꽃　036

2부
시 1

장미　039
파초　040
모란 1　041
모란 2　042
포도　044
할미꽃　046
매미　048
기러기　049
들국화　050
금강　052
세월　053
낙산 바다　054
내 얼굴　055
두견새 울어　056
옹달샘　058
창가에서　059
아침　060
산들 바람　061
새　062
억새꽃　063
달과 소나무　064
낮, 달　066

3부
시2

작대기	069
모내기	070
태	073
방황	074
청개구리	076
술주정	078
욕망	080
머리 재주	081
복 다름	082
맨발	083
모여라	084
어둠	085
당신은	086
장돌뱅이	088
나	090
빈 운동장	091
달구경	092
보금자리	094
해돋이	096
아리요 씨리요	098
초가삼간	100
사랑 노래	102

4부
시3

통일의 날에 107

곰 110

까까머리 112

혼돈 나팔수 114

아침이어라 116

삶 118

성수대교 120

상아 질팽이 122

황사 바람 124

망월동 126

촛불 128

새천년에는 130

두레패 132

못난쟁이 134

인사동 136

억하심정 138

사랑 140

컴퓨터 142

칼로 물 베기 144

그날 146

하늘 구경 148

지팽이

홍성규 시집

1부

시조

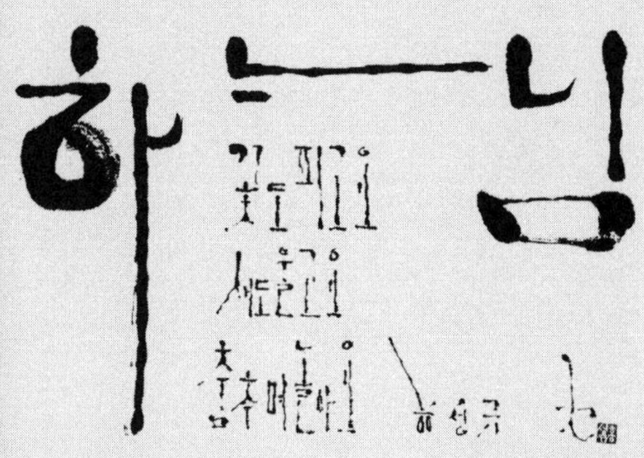

부들

여름내 불단 얼굴
장대 높이 달아매고

어디만큼 오시려나
키 대보기 시샘으로

이슬길
꿈길 내달아
아침 여는 사랑 춤

난초

숨결이 바람이듯
가는 잎 흔들리고

푸르른 한줄기로
하늘을 휘저으며

그리운
님에 얼굴이
멍울 속에 잠겼다.

잠잠히 홀로 서서 꿈길 가는 님이여
고고한 푸른 자태 바람결 돌아드는
눈발에 초연한 모습 시리도록 애절 타

세월이 절로 멎는 전설 같은 추억들을
미르내 은빛 물결 이슬로 담아내려
한 방울 머금은 잎새 별빛 담아 내린다.

꽃댕기 규중처녀 너울 쓰고 나서는 듯
보일 듯 여린 자태 눈시울 파르 떨며

머금어 사려든 미소 돌아드는 향내여

깊은 산 맑은 골 품위 지켜 사든 기상
가느란 곳은 줄기 애잔히 돋아나고
고요가 절로 머무는 억겁 세월 긴 침묵

잠잠이 선잠 드는 양지쪽 바위틈에
들릴 듯 여린 숨결 반쯤 열린 꽃몽울
산마루 솔잎 그늘로 구름 한 점 스친다.

다소곳 여린 가슴 꽃 댕기 순정으로
그윽이 혼을 담아 안으로 사려 드는
한아름 어둠 가르며 홀로 추는 사랑 춤

반지꽃*

자줏빛 물 한 방울 나는 듯 머리이고
소굽 질 솜털 순정 앵두 알로 매달아
고사리 곱은 손가락 매어주던 손 떨림

아지랑이 아롱이는 산마루 먼발치로
무지개 찬란한 꿈 숨은 듯 이쁜 얼굴
봄볕을 차고 오르는 제비 나래 춤사위

어둠을 우려내는 아기별 보금자리
발그레 젖는 이슬 구슬로 달아매고
숨결을 가락지 틀어 무명지를 어른다.

햇살을 파르 떠는 간지럼 바람결로
돌 틈에 망울 트는 자줏빛 어우름에
벌 나비 꽃길 가르마 잉잉대는 시나위

* 반지꽃 : 제비꽃

포도

별똥별 지더니만
포도알로 맺혔는가

구슬이 서말인가
꿰어보던 그 손길로

꿈길을
열고 닫으며
새콤달콤 볼우물

줄줄이 나래 펼쳐 하늘을 덮으려고
옥구슬 사연들을 방울방울 매달아
한알이 또 한알 되어 겹겹으로 열려라

집세기

개나리 봇짐옆에 집세기 외로워라
노을 지는 산마루 주막촌은 어디메뇨
살얼음 어는 벌판을 헤매도는 짝집신

정자나무 달그늘로 깊어가는 밤하늘에
길 잃은 기러기떼 애달피 우는소리
헌집신 맨발등위로 서리되어 내리네

은하수 별빛 타고 집세기 흘러간다
그림같은 산줄기 꿈결같은 물줄기
비단폭 하늘가를며 가물대는 상추끝

모란

한 아름 아름아름
볕발이 시린 얼굴

애기씨 몽울 드는
생리통 몸부림이

부끄럼
분홍빛 순결
가짐띠기 꽃바람

색동옷 아장아장 아지랑이 품속 길을
통치마 빙글뱅글 어질뱅이 춤사위로
앙가슴 붉게 물들어 흐드러진 꿈이여

언 듯이 창끝같이 구름 뚫고 쏟는 햇살
꽃 댕기 쪽지 틀어 사려 드는 꽃망울
끝끝내 터지고 마는 번개 없는 먼 우레

* 가짐띠기 : 생리대

국화

찬 이슬 툴툴 털며 아침 여는 발길들로
터질 듯 달아오른 볼 붉은 외침 소리
한마당 덩실 휘돌아 고개 드는 꽃망울

무서리 시린 발길 까치발 다가서서
흥타령 신명으로 펄럭이는 깃발들로
꽃송이 절로 흔들어 방아 찧는 절구질

꽹과리 장단으로 고깔 쓰고 풍장 치며
토담 길 골목길로 길굿 샘 굿 노름마당
온 동네 국화 잔치에 어화둥둥 사랑 춤

각혈로 물들이는 태곳적 여린 숨결
키만큼 낮아지는 저녁 안개 너울 쓰고
터질 듯 부푼 꿈으로 사려 드는 앙가슴

한 방울 또 한 방울 이슬로 취한 얼굴
여명을 물들이는 분홍빛 사연들을
광주리 가득히 담아 휘휘 도는 뒷모습

꽃 댕기 곱게 빗어 코 마주 웃던 얼굴
천만번 당제 바쳐 소지 올려 빌던 정성
왁지걸 향내 터지는 국화 마을 큰잔치

꽃 산불

삐리리 버들피리
높아 높아 종다리

봄바람 바람결로
가지마다 볼달아

산마루
타고 오르는
진달래꽃 꽃 산불

정

서산마루 소나무에 그린 듯이 달 걸리고
마음은 허공을 날아 하늘 끝 헤매는데
아득히 별빛 같은 정 어둠 굽이 가른다.

매화

눈발이 멎었는가. 부서지는 구름 인양
가지 끝 작은 멍울 하늘에 달아매고
팔 베개 높직이 베고 향기 취해 잠들 레라

꽃가지 달빛 안고 바람 몰래 잠드는 밤
고요를 담아내는 순백의 자락으로
살포시 여미는 가슴 돌아드는 향 내음

실버들 그넷줄로 노 젓는 세월 속을
꿈길로 다가와서 속삭이듯 이는 숨결
햇살이 절로 머무는 연 분홍빛 님 소식

별빛이 저려 드는 수줍음 담은 얼굴
마주 뵈는 하늘이 비칠 듯 부끄러워
잔가지 높이 흔들어 어둠 풀어 내린다.

기다림

대추나무 잔가지로
젖어드는 봄비 속을

싸리문 밀쳐 열고
들어서실 발길 소리

낙숫물
홀로 헤이며
이 한밤의 기다림

게

달빛에 계절 싣고 냇물에 몸을 싣고
역사를 잉태하러 밤으로만 나선 발길
비릿한 바다 내음에 헛구역질 멎는다

* 1950년대까지는 가을 서리 내릴 무렵이면 냇가에 게 막을 치고 밤에
  바다로 내리는 게를 잡았다 논둑에 사는 참게는 바닷물을 먹어야 알
  을 낳는다고

저녁놀

하늘이 하늘하늘
한 자락 흘러내려

볼연지 부끄러운
열정의 가슴으로

불타는
몸살을 떨며
타오르는 저녁놀

대금

가느란 흐느낌이 대를 타고 흘러내려
끊어 질듯 꺾어 드는 애절한 가락으로
비탈진 산굽이 돌아 달빛같이 휘어든다.

그 누구 서린 한을 저리 푸는 가락인가?
이승을 넘나드는 꿈결이듯 바람이듯
노을빛 밟고 내리는 맵시 고운 꽃버선

애간장 녹는 내력 가슴속 접어두고
숨결이 잦아드는 한 많은 굽이굽이
규중 안 치맛자락을 싸고도는 노래여

혀끝에 묻어나는 곱디고운 음절 속에
사려 둔 깊은 사연 절절히 풀어내려
볼우물 야트막 떨려 출렁이는 혼이여

선율로 굽이치는 앵두 알 입술 위로
빛바랜 추억들이 줄달아 이어지는
실눈 뜬 눈썹 가르는 꽃잎 같은 미소여

황혼을 몰아가는 초저녁 별빛 안고
잰 발로 돌아드는 으쓱한 동티간 길
바람결 옷깃 한 자락 부여잡는 흐느낌

허공에 선을 긋는 외줄기 가락으로
이승의 뒤안길을 바람이듯 노 저어
북극성 어둠 가르는 칠흑 밤의 님 마중

몸으로 울어 우는 가느다란 떨림으로
시름을 새끼 꼬아 미련으로 달아매고
심상을 혀로 새기는 마디마디 알 아리

겹쳐진 사연들을 한 숨결 풀어내려
어디쯤 보일 듯이 아쉬움의 끝자락을
한고비 되돌아 넘는 돌하르방 긴 침묵

* 동티간 : 동티난다. 죽은 자의 물건이나 옷 등을 태우거나 버리는 곳,
  으쓱하여 밤엔 무섭기도 한 마을 어귀 등

호수

장천에 밝은 달은
호수가체 얼비치고

저린 몸 바람으로
물결을 흐르는데

구름은
어느 뉘라서
자꾸 따라오는 게요

장승

굽 높은 나막신이
짝짝이로 나서는가.

보랏빛 댕기머리
쏟아지는 햇살 안고

성황당
장승 내외는
마냥 웃는 웃음보

죽순(대나무)

박차고 불끈 솟는
응어리 기백들이

어둠을 담아내는
적막의 시린 열정

깃발로
높이 흔들어
발 구르는 아우성

봄바람 풀무질로 서슬이 달아올라
지축을 가르면서 솟아난 한줄기로
하늘 끝 맞창 낼 거나 뻗어 오른 그 곧음

바람이 쉬어간들 시린 몸 잠들 소냐
한마디 마디마디 무등 타고 오르는데
맨 끝엔 숨결 닿느냐 어지러운 형제여

곧게도 뻗은 이념 높이도 떨떠리고
가는 잎 너울 펼쳐 동산을 휘저으며
하얗게 비우는 속내 온몸으로 떨쳐라.

조롱박

밤으로 피어나는
깃 푸른 아침 나래

새벽별 안주 삼아
세월과 마신 술로

동산에
낮달 띄우는
줄다리기 한마당

어디서 보았느냐. 바람결로 들리더냐.
발 없는 소문들을 바늘귀 달아매고
오시리 언제 오시리 우물가에 빈 쪽박

순결이 지나치면 슬픔이 되는가요.
눈물로 이는 이슬 방울지는 꽃잎 위로
조각달 삐뚠 얼굴이 판박이로 찍혔다.

별빛에 두 눈감고 적막에 귀를 막고
돌담을 부여안고 얽혀진 사랑 춤에

한밤 내 숨찬 웃음보 동여매는 박 덩굴

햇장닭 울어 울어 하얗게 뜨는 반달
불현듯 생각나는 잊힐 듯 그날인데
모르게 정말 모르게 불러오는 배 뿔뚝

동동주 표주박이 먹구름 부르더냐.
한둘 금 소낙비로 얼큰한 초가 마루
홍어회 안주 내어라 흑산도가 멀더냐.

선잠 깬 달마중이 아득한 그믐밤을
하얀 손 주먹 나팔 소리 없는 산울림
줄줄이 꿈길 가르는 조롱조롱 박꽃 춤

* 한들굼 : 생선이나 나물 등을 한 손에 들게 열 마리 스무 마리 엮은
          단위.
* 햇장닭 : 금년 청월 맛배 장닭으로 시도 때도 모르고 울어댄다.

연꽃

솟아라 하늘까지
웃어라 달님같이

평화의 횃불 들고
자비의 등불 달고

잠길 듯
느낌만으로
타오르는 불덩이

소쩍새 울음으로 달무리 지던 밤을
재 넘어 그리운 정 품 안에 가득 안고
이슬로 가슴 적시며 망울 드는 불덩이

솟아라 높이높이 어디쯤이 끝인가?
제 넘어 그리운 정 한밤 내 흔들리는
앙가슴 꿈결 더듬어 까치발로 발돋움

2부

시 1

장미

1
아무것도
나
몰라라
불그레 타는 입술

2
가시
끝에

맺히는
피 묻은 향기

파초

홍겨운
치맛자락
바람이듯 드리우고

구름으로
가는
세월
한 폭 담아 노닌다.

모란 1

한 아름
아름아름
볕발이 시린 얼굴

꽃송이
흔드는 바람은

이슬방울 굴리는
털북숭이 소녀의
터질 듯 달아오른 함박웃음입니다.

모란 2

불단 어둠 자락 들추어
뜨거운 아침 달구는 징소리
간밤엔 시린 잠 끝끝내 못 들었습니다.

울렁울렁 강물은 안개로 너울 쓰고
종다리 노래 따라 온통 세상이 어지럽습니다.

개구리 등 터질 봄 가뭄
참혹하게 야윈 얼굴

건들건들 검불 같이 굴러오는
그리움이 봄을 타는 몸살로 달아오릅니다.

아쉬움의 인연들이
켜켜이 사려 드는 꿈을 안고
치맛자락 주름지듯 굽이굽이 겹쳐 듭니다.

비탈진 하늘로
별들이 굴러 내리던 밤은
황량한 바람 소리가 원망스러워 잠을 못 들고

반달이 구름 뒤로 꺄꿍 하면
구름이 야박도 하여 또 잠을 못 듭니다.

그래 저래 핑계 많은 설레임에
절은 봄 잠을 설치곤 합니다.

당신은 함박웃음입니다.
당신은 환한 거울입니다.
절박한 가슴으로 추억은 쏟아져 거침없이 내리고

이슬 머금은 꽃잎엔
웃음 지는 그리운 얼굴

아쉬움 같이 매달린 잎새 하나
귀 기울이면 잊혀진 고장 난 유성기 소리
굴러온 세월만큼 쉰 기침 소리
꽃잎 덮고 모로 누운 새우잠이 마냥 저려 듭니다.

포도

1
누가
사랑을
불 질렀나.

싱글
벙글
웃는 얼굴
주렁주렁 어깨동무

2
한 송이
얼굴을 감싸던 추억은
그늘로 내리는 어둠을 안고
새콤새콤 송곳니로
새어드는 애틋한 사랑입니다.

알알이
속살 붉어진 송이마다
코언저리 시큼한 시림은

보랏빛 아침을 물들이는
볼 붉은 소녀의 다듬이질 두 방망이 가슴입니다.

비칠 듯 맨살 더듬어
설레는 바람은 이슬로 멍울 든 두 볼을
무한정 쓸어내리는 샛별의 가는 숨결이고요.

살금살금 이웃집 넘보는
설령 줄 되어 행여 남이 알까?
흔들어도 소리 없는 벙어리 왕 방울입니다.

어둠 사이로
알 수 없는 별들을 잉태하고는
주체할 수 없는 부끄러움에
몽우리 져 달아오르는 작은 불덩이입니다.

할미꽃

아지랑이 아롱이는
산마루 먼발치로
꾸다 만 꿈을 안고 홀로 피는 할미꽃

외로운 산새울음
울렁울렁 가슴앓이 속병인데

못다 한 사연들을
고개 숙여 삼키면서
새빨간 입술 열어 붉게 피는 고운 꿈이
서둘러 꽃잎 지는
선혈의 아픔으로 어느덧 하얀 머리
키보다 길 개 풀어 풀 섶으로 돌아눕네!
이슬비 가슴 적셔
눈물같이 흐르는 밤
도란도란 옛이야기 궂은비로 내리는 듯

풀잎에 스며드는 설움 같은 빗방울로
어디만큼 세월 가는 발길 소리 자욱 소리
소나무 굽은 가지 낙숫물로 울먹이며

모퉁이 돌아가는 허리 굽은 모정으로
질척질척 젖는 길로 고향 찾는 할미꽃

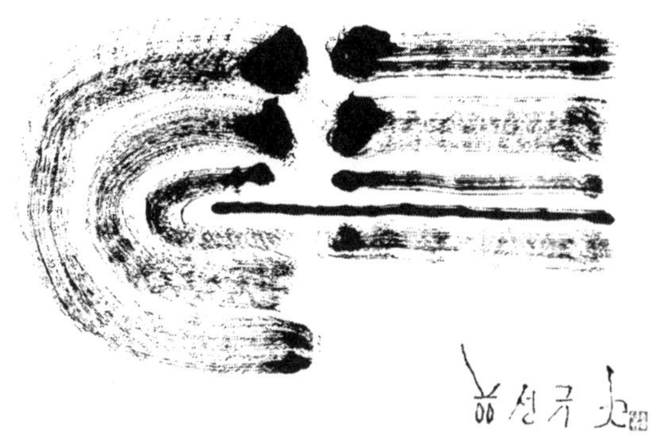

매미

매미야
너는 왜
울기만 하니

우는 게 노래인지
노래가 우는 건지

더위마저
울음에 지쳐
돌아누운 한나절

기러기

별들의
거울이던 바다는

기름을
덮고 누어
눈도 뜨지
못하는 자맥질

어디로
날아야 하나?

멍울 든
하늘은
매연으로 헐떡이는 해소가 침

깨어나라
지구를 품에 앉은 보금자리

나래에
묻어둔 꿈에 젖어보는 님이여

들국화

어머니 손목 잡고
산머리 돌아들 때
흐드러져 춤추던 들국화 생각
삭신 쑤시고 손발 저림에
구구절절 구절초라 하시던 꽃이여
어머님은 가셨어도
산머리엔 여전히 들국화 만발한데
산새는
또 왜 그리 서러운지
가지 끝에 앉아서 외로이 우네
아린 가슴
자줏빛 점 하나 찍고
이슬방울 떨구며 웃는 얼굴
구구절절 구절초라 하는가?
지팡이 다가서는 발길 기다리며
무서리 고이 딛고 돌아선 이여
절벽엔 시린 손 흔드는 어지러운 바람

섬섬옥수 이쁜 꽃
따던 손길 잊지는 말아 주오

동동 동 국화주
물 젖는 손끝으로 익던 밤을

청자빛 술잔 위로
반달 뜨는 추억 앉고
꽃향기
취한 발로 돌아드는 고향길
애달픈 시름들이 울먹울먹
콧노래 가락으로 넘나드는 산마루
바람만 부네 구름만 가네

금강

바람에
날리는 달빛

몽당비
쓸어모아 쏟아부은 강

속살 비친
하늘만큼 깊은 물살로

비단 폭
마구 풀어 휘돌아 드는

여울목 굴렁굴렁
세월이 마주 걸려 구르는 소리

쏟아지는
별들의 물먹는 함성 소리

세월

갈잎에
잠 못 드는 바람

오리발에
간지럼 타는 물결

구름에
덜컹이는 햇살

쏟아져 내려도 흐르지 못하고
눈을 감아도 잠들지 못하며
마냥 걸어도
제자리걸음 떠나지 못하는 앉은뱅이 세월

펑펑 흰 눈을 퍼다가
절름절름 목쉰 강물에 쏟아붓는다

낙산 바다

칼날
입에 물고
별빛 무늬 장막 가르며
밤의 중심으로 내닫는 조각배

어둠을
벼랑 끝 낭떠러지로
밀어 내리는 숨찬 아우성

칠흑의 밤을
더욱 패이게 하는
오징어 먹물통 속으로
여명의 뿌리를 들추는 어선들의 찬란한 불빛

소나무
가지 끝에
낙산 바다는 비릿한 아침상을 차린다.

잔잔한 낙산 바다는 고기 때를
배 불뚝 않고 어질어질 멀미를 한다. 몸살을 떤다.

내 얼굴

징검다리
개여울에 구름 흐르고

바람이듯
버들가지 세월 젓는다

낮달 뜬
물결 위로 그림자 하나

어디서
본듯한데 누구이던가

가까이 웃어주면
따라 웃으며
어룽어룽 멀어지는 뜬구름같이

물결에
비친 얼굴 낮이 설구려

두견새 울어

진달래 꽃잎 필 때 두견새 울어
진달래꽃밭에서 외롭게 울어
꽃망울 아심아심 오금 저리는
벼랑 끝 바위틈에 곱게도 피어
보고픈 설움이듯 눈물이 어려
진달래꽃밭에서 두견새 울어

진달래 꽃잎 필 때 두견새 울어
진달래 꽃잎 물고 그렇게 울어
갓 피던 몽울몽울 붉은 사랑을
온산에 지천으로 피워놓고는
끝끝내 오지 못할 임일 것 같아
진달래꽃밭에서 외롭게 울어

진달래 꽃잎 필 때 울던 두견새
메마른 가슴으로 목이 메는
피맺힌 전설 같은 슬픈 노래로
지금쯤 고향에선 울 것만 같아
불현듯 잊혀졌던 그날 생각에
두견새 우던 시절 그립습니다.

진달래 꽃잎 필 때 울던 두견새
이제는 울지 않고 바람만 불어
만발한 진달래꽃 홀로 집니다
하늘 문 처음부터 다시 열리어
또다시 우는 날이 기다려지는
두견새 우던 시절 그립습니다.

옹달샘

온밤 지새워
가슴에 꽂히는 건
별똥별 지는 여운

잡힐 듯
열린 하늘

샘 가에 걸린
색동 무지개는
쪽 달이 타고 내리는 미끄럼틀

창가에서

창문을 열면
파란 하늘이
쏟아져 들어올까 봐
나는 아직 창을 열지 못합니다.

마음에 주름을 펼쳐
구석구석 먼지를 털고
흰 비둘기 날개 퍼덕일 그날까지
나는 머뭇머뭇 창문을 열지 못합니다.

발 구르면
먹구름 깊은 곳에서 솟구칠 파란 물보라
옥양목 두루마기 여미며
쥘부채 헛기침 한발 나서는 발자취 그립습니다.

창문을 활짝 열고
목청껏 소리칠 그날을

아침

달빛으로
별빛으로

곱게 맺힌
꽃망울에

버선발
노란 봄이
향기 취해 잠들다가

이슬로
꽃잎 벙그는 울림에
선잠 깨어 떠난 뒤로

부지런한
까치 한 쌍이
아침 열며 날아든다.

산들 바람

수수깡
울타리
울먹이던 바람결

해거름
길모퉁이 돌아눕는다

고추잠자리
바람 타는
갈대밭 강변에서

산발 머리
고수래 탁주 한 사발

갈잎들의
잠꼬대 들으며
해거름 길모퉁이 돌아눕는다

새

하늘
한 바퀴

휘
돌아내려

잠든
대지를 쪼으며
도리도리 도리질

억새꽃

여름을
지피던 부지깽이
그을리는 뙤약볕

노을이 타는 산마루
산달을 넘긴 꿈들을
뒤늦게 해산하고는
바위 난간 어지럽게 돌아눕는다

강물은 어제같이 흐르고
바람은 비켜서라 휘감는 머리칼

설익은 추억들이 미련으로 남아

빈 강변
홀로 서는 어지러움

먼
산마루
핏발 선 톱질들로 서걱이는 억새꽃

달과 소나무

달빛 부스러져
내리는 어둠 저편

언제부턴가
하늘은 열리질 못하고 삐걱댄다.

반딧불이
불총 맞은 잠꾸러기 소나무

구름에 덜컹이는
길일은 조각달

마주 앉아
앉은뱅이 술 동동주 타령

해거름 길모퉁이
노을에 취해
낮술에 취해
소나무 가지 끝에 걸쳐
뜨다 말고 지는 조각달

* 불총 : 가는 성냥개비 태운 숯을 살에 꽂아 그 끝에 불을 붙여 데이게
　　　하는 장난

낮, 달

해장술에 취한
지각 대장
이마 벗겨진 달님은

소나무
가지 끝에 걸린
백자 술병

바람이
고동 불어
휘어드는 한가락

3부

시 2

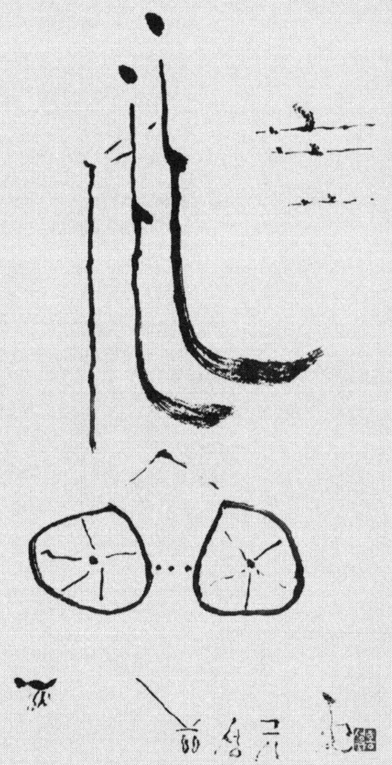

작대기

눈을
감으면
잊혀진 신비 아련히 보이고

귀를
막으면 나지막
먼 산줄기 가랑잎 흔들리는 소리

작대기 하나 하늘 열리고
작대기 둘 땅을 펼치고

작대기 셋
소가 웃는다

작대기 넷
발자국 없는 눈길의 끝
작대기 작대기 작대기

모내기

봄 가뭄에 가난 든다.
봄 가뭄에 인심 난다.
하늘 한번 쳐다보고 땅을 한번 밟아보고
목이 타는 호미 모다 이도 저도 말뚝 모다
앞산은 멀어지고 뒷산이 다가온다.

여기 꽂고 저기 꽂고
배지 않고 넓지 않게
헌틀 번틀 헌틀 모다
얼 방 진다 얼 방 진다.
개 자리 귀퉁이 얼 방 진다.
삿갓배미 뚝배기 배미
못방고 풍장소리 자진모리 돌아든다.

호각 소리 귀 떨어진다.
줄줄 늘여 줄 모심자
어린아이 한 줄이다
게으른 놈 꼭지마리
줄에 채여 코 떨어진다.

뒤처진다 뒤처진다.
한쪽 줄이 뒤처진다. 맞춰 가자 굼들금 넣어라.

이방 저방 방틀 모다
한판 심고 허리 펼 데 방틀 넘겨 숨 돌리며
콧노래가 절로 난다 탁주 한잔 손가락 안주
과부 심정 홀아비 심정 혼자 심는 재미로다

산비탈 어 덕배기
한 골 두 골 산두 심는 재미로다
지나는 바람결에 송글 땀도 씻어내고
한 발짝 윗 고랑에 또 한 발짝 아래 골에
찢어진 고무신짝 코빼기만 걸쳤구려

* 꼭지마리 : 팔 굽을 무릎에 대고 모를 심어 행동이 굼뜸

* 굼들금 : 줄 모에서 앞선 쪽은 기다리고 뒤쳐진 쪽을 더 심어 양쪽
         진도를 맞추어나감

* 얼방진다 : 모와 모 사이 간격과 넓이가 어중띠게 심어지는 현상

* 방틀모 : 가는 각목에 가로 세로 일정한 간격의 칸을 내어 그 모서리
          에 모심는 틀
* 못방고 : 피로를 풀고 흥을 돋구기 위하여 여러 사람이 모내기 할 때
          하는 농악놀이
* 개자리 : 논밭 언덕 밑 귀퉁이나 모서리 져 일하기 힘든 곳
* 산두 : 산비탈이나 더덕배기 사이 한두골 밭벼 심기

태

한 점
씨눈으로 잉태되면서

고사리
손끝에 초 하나 쥐고
양지마당 불 붙는 볕밭에 불을 댕겨

초롱초롱
마주 보는 또 하나 별이 되어
무지갯빛 꿈으로 타오는 촛불

방황

하늘 땅
바람
구름 이슬 그리고 나

나
그는 누구인가?
어디서 왔다가 어디로 가는 건가?
앞길은 아득하고 뒷길은 막막한데

해
달
별
밤과 낮 또 하나 나

산마루 고갯마루
목청껏 소리 높여 나는 누구이던가

오늘도
나를 찾아 떠나는 발길
어딜 가야 찾을 것인가?

언제까지 찾을 것인가?
헤매는 만큼 자꾸만 멀어지는 나

청개구리

맞바람
어지럽게 불고
먹구름 서쪽 하늘 몰려오면

시린 생명
한 점 잎사귀 지붕 삼아
제 몸뚱이 나팔 삼아 숨차게 운다.

잊힐 만도 한
옛이야기
초가 모퉁이 감나무 위로 울던 그 울음

가물가물
자맥질 치는 향수

조는 듯 마는 듯
덜컹이는 쇠 구르마 아저씨
휘두르는 쇠파리 채 채찍질
몰래 매달리던 발버둥 솜털 추억들이
겹쳐진 주접들을 주렁주렁 매어 달고

삶에 턱걸이 턱걸이
청개구리 목청껏 울어라.

술주정

돼지고기 김치찌개는
우리 집, 사람이 최고다

누구고
우리 집사람 말고
돼지고기 김치찌개를 논하면

입을
귀 뒤까지 쫙 찢어
검정 고무신 조각 주어다
대충대충 꿰매놓고 또 한 번 물어보자

그래도 헛소리하면
소주병으로 두 눈에 안경 씌워
마파람 어지럽게 부는 길 한가운데로 내몰자

주정뱅이 발길에
땅이 꺼지고 기우는
그런 세상 오거나 말거나

돼지고기 김치찌개는
누가 뭐래도 우리 집사람이 최고다

욕망

징
꽹과리
장고 북

한 어깨
걸머메고
비탈진 언덕을
무한 굴러 내리고 싶다

달빛에 돌담을 구르는
박꽃들이 날아올라
은하수 깊이깊이 별들로 뜨는 날에

난초 꽃망울 드는
소나무 밑에 서서
휘파람이나 실컷 불어보고 싶다

머리 재주

빈 물동이
되반닥 이고
행동행동
팔짱 끼고 걷는 님아

자랑스런
머리 재주에

행여
동이 운을 다할세라

* 되반닥 : 속이 보일 듯

복 다름

땡볕이
황토마당 모로 구르는
연탄불도
숨 죽는 복 다름 한낮
더위 먹어 목청도 갈라졌는지
갈래는 매미울음 찢어진 오후

대지가
어질어질 어질병 앓는
오뉴월 염천으로 풀 죽은 하루
바람도 더위 먹어 잠든 한낮을
호박순 성큼성큼 기어오른다.

* 복 다름 : 삼복이 들어 달아지게 몹시 더위짐

맨발

버들가지
강물에 구름 띄우고
별자리
바둑판에 세월 매달아
쟁기질과
가난을 경주하면서
맨발로 황톳길을 가는 님이여

오리 떼
사계절 춤추며 사는

굽이도는
강가에 사는 재미로

어느덧
마음만 여려졌는지
갈잎에 이는 바람 가슴 시리다

모여라

돌담길로
나르는 혜성 열차에
맑은 눈 눈망울로 문이 열리고
별똥별 시그널로 뜨고 내리는
반딧불이 정거장에 꿈이 어린다.
모여라.
맑은 눈아, 우주인들아
쌍바라지 하늘 문 올목 굽이로

가로등
달님도 홀로 잠드는
어두워서 더 밝은 하늘 장날에

조롱박
조롱조롱 바람 연주로
아기별도 일렁이는 하얀 박꽃 춤
모여라.
맑은 눈이 우주인들아
쌍바라지 하늘 문 올목 굽이로

어둠

어스름
골짜기 달리던 바람이
절벽에 부딪혀
초죽음 되어 넘어지면
맹물 세수도 모르는
숯 검댕이 어둠은
시커먼 웃음을 삼키며
바람을
탄광 갱도 깊숙이 불러들여
제 새끼를 낳아라! 팔베개 끌어 앉는다

바람에 잉태되어
천지에 날리는 어둠의 자식들은
현란한 도시의 밤을 더욱 황홀하게 감싸고돌고

불 꺼진 단칸방
선잠 깬 아기의 겁먹은 눈망울 앞에선
희미한 별빛마저 가리 우는 험상궂은 적막의 춤

* 죽음 : 생명이 끊어지기 직전이나 /주검 : 이미 숨이 끊어진 시체

당신은

은빛 물결 속에
첨벙 잠긴 하늘로
앵두 빛 웃음 머금고
고운 구름 너머 은하수 저편으로
외롭게 졸고 있는 별 하나를
애달피 바라보는 당신은 목이 긴 학입니다

장미 한 송이
차갑도록 희게 피어
유령같이 웃고 있는 밤에
빌딩 끝에 한가로이 앉아
구름을 흐르는 달을 잉아 실로 얼래에 감아
우주에 꿈같은 연을 날리는 당신은
먼 별나라 왕자이십니다.

어둠이
적막으로 치닫는
밤의 뒤안길에선
외로운 콧노래로 욕망을 사르고
때로는 숲 속을 나르는

한 마리 나비를 쫓는
고고한 꿈에서 헤어나지 못하는 당신은
잡힐 듯 날아가는 한 마리 호랑나비입니다.

바람결로 물드는 노을이
단풍으로 스며드는 밤을
귀뚜라미 울음소리로 가슴을 적시며
또 누구의 애틋한 설움을
거미줄 이슬로
방울방울 울어야 하는 당신은
부러진 목발로
하늘을 나는 절름발이 우주인입니다.

장돌뱅이

아득한
문명이 흐르는
장터 골목으로
밀물 같은 장꾼들 마음은
새벽부터 설레는 디딜방아
물 젖은 생선전 지나!
곰삭은 새우젓 냄새 풍기는
갱갱이 장날은 골목마다 비린내 북새통
연평도 조기
펄펄 뛰는 서창 부두
펄럭이는 돛대 위로
뱃멀미같이 몸살 나던 떠돌이 기질
전통의 맥이
도시화의 틈바구니에서
얼룩진 콘크리트 벽에
빛바랜 광고지로 펄럭이고
백화점 진열대 위로
네모난 인심의 규격화
상품화의 에누리 없는 틀 속에 갇혀
얼빠진 장돌뱅이

빈 전대 허리춤 매고
물질의 늪에 빠져 상투 끝까지 가물거린다.

* 갱갱이 : 충남 강경
* 서창부두 : 강경 서창동에 있던 어선부두

나

흙먼지
풀 섶 길을
홀로 걷다가

어린 시절
잊었던 나를 만났다

좁은 솜털, 이마
너풀대는 바짓가랑이

소매 끝에 코 한번 '씩' 닦고는
웃음 띤 얼굴로 비켜서 가는

심술쟁이
개구쟁이 수줍음쟁이 얘야 네가 바로 나다

불러도 불러도
벌판 길 가로질러 달려가는 나

빈 운동장

구구단 외우는
맹꽁이 합창은
생나무 울타리 하나로 돈다.

목마름
나누던 두레박 우물가

흙먼지
날리던 바람결 운동장

꿈들이 뛰놀던 시골길 학교는
들꽃이 제 홀로 춤추며 논다.

들어올 학생들
가르칠 선생님
신토불이 외치며 어디로 갔는가?

추억이 머물던
양지쪽 계단을
어깨동무한 무리 그림자로 노닌다.

달구경

계절은 연잎 위에
선잠이 들고
미끄럼 오리 등에 꿈이 머문다.
세금인지
요금인지 한 푼 없이도
아직은 거침없이 보는 저 하늘
어느 날
하늘 막는 장막을 치고
달구경 하늘 구경 돈을 내라면
이제껏 장님 설움 모르고 살던
가난뱅이 죄인 될 줄 몰랐습니다.
초록빛 가슴마다 피멍이 들고
녹슨 펜 끝마다 마른 먹물들
소외된 이들에
눈물로 뜨고
배고픈 이들엔 빵으로 뜨던
다림질
하얀 달빛 풋내가 난다.
밤마다 떠오르는 님에 노래여
행복을 실어 오는 수레바퀴여

맨발로
더듬어 하늘 걸으며
강물로 뜨는 달을 내려다본다.

보금자리

한 뼘
양지조차
부끄러운
하늘 턱 밑 판자촌

어느 먼 바닷가
황혼이 지고
어둠이
별빛 사이로 잠을 청하면

도란도란
군밤 같은 삶들이
오순도순 달아오른다.

허기진 가난
숨찬 물 한 바가지

마음은
구름으로 닦아낸 가을 하늘

하얀 품 안으로
토닥토닥 아기 어르고

양지 찾는
해바라기 빨랫대 위로
저절로 바래지는 등걸이 잠뱅이

때 묻은 동전 하나
함박꽃웃음을 머금고
고사리 손끝에서 구른다.
고사리 손끝에서 춤춘다.

해돋이

해 돋는다 해 돋는다
잠든 물결 휘저으며
아기 파도 무동 타고
푸파 푸파 돋아온다. 으쓱으쓱 돋아온다.

해 돋는다 해 돋는다
바닷물에 씻은 얼굴
벙글벙글 웃으면서
첨벙첨벙 걸어온다. 성큼성큼 걸어온다.

해 돋는다 해 돋는다
붉은 융단 곱게 깔고
타는 물결 후후 불며
뒤뚱뒤뚱 굴러온다. 둥글둥글 굴러온다.

해 돋는다 해 돋는다
바짓가랑이 툴툴 털고
빙글빙글 맴돌면서
비틀 베틀 달려온다. 헐레벌떡 달려온다.

해 돋는다 해 돋는다

동해바다 박차고서

불꽃 수염 휘날리며

펄쩍펄쩍 뛰어온다. 껑충껑충 뛰어온다.

* 무등 : 무동이 올라 춤을 추는 어깨

아리요 씨리요

아리요 아리요 알알이요
씨리요 씨리요 씰아리요
아리아리 아라리 아라리요
씨리씨리 씨라리 씨라리요

찢어진 가슴은 알아리고
비접든 손끝은 씰아리요
알알이 알알리 알알이요
씰씨리 씰씨리 씰씨리요

젊어서 고생은 사서를 하고요.
늙어서 고생은 꾸어다 하나요?
아리씨리 씨리아리 알알이요
씨리아리 아리씨리 씰알리요

시집살이 설움이 그리도 많아
자나깨나 아리씨리 못 잊는가?
아리아리 씨리씨리 알아리요
씨리씨리 아리아리 씰아리요

보릿고개 넘으면 쑥 덕고개
쑥 덕고개 넘으면 아지랭고개
아리아리 쓰리 쓰리 아라리요
쓰리 쓰리 아리아리 쓰리라요

아리아리 동무는 어데로 갔나
쓰리 쓰리 동무는 언제나 오나!
아리고 씨리고 알아리요
씨리고 아리고 씰아리요

초가삼간

주마등 역사의
계곡을 달려
해 뜨는 동녘으로 동녘으로 치달아
민족의 깃발 하얀 옷자락
다듬이 소리
세상사 다듬어 밤 깊이 흐르고
황토물 철렁이는 못비 내린 텃논
밤새껏 밍매기 떼 지어 울고
잔디 푸른 묘지 옆
홀로 피어선 지던 할미꽃 한 포기
풀잎 무성한 냇둑 밑으로
밤마다 반딧불 은하수 흐르고
장맛비 무더운 밤이면
도깨비불 떼 지어 놀던 곳
벼 익는 가을마다
참새 쫓는 대나무 팡개질
뚝 방 건너 독 판 게 질
들판을 쩡쩡 울리는 딸기 질 치는 소리
이슬길 새벽 가르는 골짜기
초성 좋은 여자아이 워이여라 워이

새 쫓는 소리

새 떼 날아가기를 빌어 올리는

가련한 애원 소리

종 종종 병아리

제 꼬리 따라 돌고

복술 강아지

토방아래 끙끙대던 초가삼간

울타리 돌아가며 엄마 숨결 호박꽃

앞산엔 너 하나 진실한 진달래

해마다 철 지난 철부지 철쭉꽃

뜰 앞엔 누이의 순정 묻어나는

볼 붉은 살구꽃 피어나던 내 고향

* 딸기질 : 동아줄에 삼으로 가늘게 꼬리 달아 몽둥이에 매어 휘돌려
　　　　　내려치는 큰소리에 새들이 놀라 달아나게 함

* 독팡개 : 두 줄의 노끈에 주머니를 달아 돌맹이를 담아 새들에게 휘
　　　　　둘러 쏨

* 밍매기 : 맹꽁이(전라충청일부 방언) 밍맥밍맥 운다

사랑 노래

팔베개
곤한 잠 깰까?
한밤 내 저린 팔 잠 못 이루며
쏟아붓는 노래가 사랑 노래요
별들의 숨은 이야기
장대 들면 쏟아지는
대추 알 사랑이 사랑 노래요
햇살에
곰 익는 된장 냄새로
사뭇 번지는 노래가 사랑 노래요
바람 쐬면 녹을 듯
다시 얼어붙는
냉동실 사각 얼음 같은 당신은
유리구두를 신고
하늘거리는 날개를 달고
챙이 긴 모자로 하늘을 가리고 서서
물결을 첨벙대는 회오리
설원을 달리는
거침없는 말발굽 소리
선잠 든 코 고는 소리

저만치 나는
당신의 땀방울 적시는
작은 손수건으로 나부낍니다.

지팽이

홍성규 시집

어찌 저를

배 속 품어 낳으셨어요

새마냥 알로 까 기르시지

이놈아 그랬으면 벌서 날아 갔지

통일의 날에

육이오
포성이 낙동강 전선 어디
절박한 숨결로 몰아들 무렵
보안서에 갇혀 계신
아버지 도시락 쪽지 편지
마을 분들 진정서 말씀
어머니는 귀밑머리 섬 섬이든
불안한 인간 한계를 불공에 매달려
실낱같은 희망으로 머무시던 시각

음력 유월 열여드레
휘영청 달빛 가르는 눈먼 총소리 듣지 못하시고
아버지는
동족상잔의 현장에서
총구 앞에 서야 하는 어찌할 수 없는 운명을
참을 수 없는 고통에 흙구덩이로 파고든 몸부림
줄줄이 새끼줄에 묶인 처절한 절규의 마지막 외침들이
무겁게 내리깔린 고요를 가로막는 숨이 막히는 정적
이름 모를 벌들이 세월의 역마 되어 어지러이 날고

핏기 잃은 그 얼굴이 그 얼굴인 얼굴들을
옷매무새며 바느질 솜씨로
겨우 찾은 기쁨인지 그나마 다행인 반가움인지
억장이 무너지는 설움 목놓아 울지 못하고
뒷길 돌아 인적 끊긴 산모퉁이
흙먼지 닦아낸
물 젖은 얼굴
백지장 날리듯 차가운 모습
무언의 훗날 약속 한세월 허송세월
막힌 가슴으로 온기 돌고
휴전선 무너져 내려
원한의 보복이나 강자들 복수보다는

아물어도 아물 수 없는
아픈 상처를 어루만지며
어깨동무 한 무리 되어 춤추는 날에
묘소 앞에

목청껏 울어 그동안의 불효를
통곡으로나마 풀어볼까 하옵니다

* 보안서 : 6.25 남침 당시 북한의 경찰지서

곰

가슴을 쾅쾅 치며 울부짖어라.
억센 털을 뽑아
세상 사람 코가 노래지도록 불태우자

손바닥 발바닥이 사람 닮았다
아득한 진화의 후미진 골목길을
네 조상이 잘못 들어선 건지
내 조상이 잘못 들어선 건지
태곳적 진화의 정점에 서서
네가 나를 구경하는 것 같아 쑥스럽구나!

틀에 박힌 인간들이
너를 잡아 창살에 가두고는
우월감에 젖어 부스러기로 인정을 베풀고

너는 창밖으로 어리는
퇴폐한 인간상을 바라보며
살아가는 재미를 느끼는지도 모른다.

초원으로 지는 노을이
네 눈빛으로 불타는 건 아닌지
너와 나는 철창을 사이에 두고
서로를 바라보고 있다
서로를 구경하고 있다

까까머리

쓴 독새 풀씨 한 주먹
숨찬 물 한 모금
허기진 생명 줄 흔들던
열살박이 까까머리
뜨거운 세월이
기차 화통같이 달려와선
무섭게 지나간 정거장
가는 세월과
오는 세월이 마주 달리다
땍대구리 맞부딪친 사고 현장엔
믿기지 않는 낯선 얼굴

돌아보면 세월은 저만치
바람에 펄럭이는 깃발

아쉬움만 남은 실낱같은 정은
길 건너 개구쟁이 콧노래로 서성이는데

완행열차는 이미 끊기고
급행열차는

내 고향 시골 역은 서지 않고 달린다.
앞을 보면 모른다.
뒤돌아보지 말라 어지러운 현기증
좌석표를 들고도
서 있는 이에 미안하고 죄스러워
늘 양보만 하던 이가
어느덧 허연 머리칼과 뼈다귀로 남아
누구 하나 돌아보는 이 없이

제 자리가 어딘 줄도 모르고
흔들리는 손잡이에 걸쳐
열린 창 찬바람 속으로
갈잎 같이 훌쩍 빨려 나가려 한다.

혼돈 나팔수

발 뒷굽
맨살 조금만 보여도
순결 전부로 생각하던 시절
눈길만 마주쳐도
숨결 가빠져
떨리는 순정의 화롯불
물 젖은 눈망울
아련히 잠 못 들던 긴긴밤의 내력을
말초신경 찌르는 바늘 끝
어지럽게 흔들리는 어질병 대마초
뼈 마디마디 몽롱이 부서지는 마약
사랑
이별
욕망
그 광란의 현장에서
전통은 이미 죽어 숨도 맥도 끊기고
김치 냄새 안성맞춤 방짜 유기는
최첨단 박피술로
노린내 양은 냄비로 뒤바뀔 그날이여

특공대 고지 점령하듯 빼앗은 부와
제 짝꿍도 짓밟는 백병전 입시지옥에서
살아남은 영광들이

연緣으로 무장을 하고
삭막한 노래로 먼지바람을 일으키며
서로 눈에 모래 끼얹는 양보 없는 승부욕
부모 형제 그 누구도 못 믿는
이권 다툼 백병전 전투 마당에 서서
깃발 든 진군의 나팔수는 어디로 갔는가?

아침이어라

창밖엔
검은 휘장 드리운
이 빠진 웃음

서양 바다 깊숙이
피 묻은 수수깡으로 거대한 역사를
낚아 올리는 썩은 동아줄엔
밑 빠진 가마솥하고 얼룩진 무명옷 한 자락

컬러텔레비전
노린내 洋고기 요리 강습
침이 마른다. 코가 메인다
요지경 양케 문명
우그러진 잡동사니 깡통들의
요령 소리 구슬픈 요람

먹빛 강물 흐르고
비루먹은 잡종 발바리
짖어대던 밤 지나 까마귀 울음 그치고

논둑 헐어 꿀을 따는
환상의 천국 열리는 날
항구마다 부두마다 천년만년
썩지 않는 나일론 밀가루 나왔오
기울도 표백한 새하얀 나일론 밀가루 나왔오

너무 희고 고와서
백의민족이여 백의민족이여
홰치며 우는 첫닭 울음소리
세상 걸머진 첫아기 울음소리
하늘로 펄럭이는 깃발
핏빛 바다 가르는 돛단배 하나
노송 가지 끝으로 부서지는 파도
아침이어라 아침이어라

* 양케 : 양키와 오랑케의 합성어

삶

삶은
처마 끝에 날리는 눈발

삶은
석양 길 흙먼지로 달리는
빈 쇠 구르마 왕방울 소리

삶은
시간을 갉아먹는
손목시계를 차고
삐삐 개 줄에 매여
캥캥 전화통을 함부로 짖어대는
하룻강아지 어눌한 울음

삶은
담보 잡힌 행복을
땡볕에 엿가락 늘이는 허기진 가위소리

삶은
외발로 깨금 뛰는 절반 건강을

만보기 허리춤 차고
제집 앞 빙빙 돌아 꼬리 무는 삽살개

삶은
꿈이 타들어 가는
꽁초를 씹으며

보이지 않는
전자파 가시 철망 휴대폰 줄로
제 손발과 가는 목을 칭칭 휘감아
무한 달아 올리는 도르래 소리

성수대교

구멍 난
양심의 창을
누더기 신문으로 가리지 마라
닭 모이 주듯 흘리는
천연색 텔레비전 흑백뉴스
뿔 잘리고 수염 빠진 색동 염소들

알라딘 램프
나르는 양탄자의 환상에 젖어
한 조각 넝마 덮고 누워
밤새껏 목 졸려 끌려가는
개꿈이여 똥개 꿈이여
메마른 입술로
아침을 울어보는
꽁지 빠진 수탉 울음
벌컥벌컥 한강에 빠져
물먹는 회색빛 하늘
물살에 잠긴 얼굴
울먹울먹 눈물짓는 조각달
고요히 눈을 감고 엄마야 엄마야

누이야 누이야 아직도 덜 마른 눈물
부러진 다리 난간으로
어망 절 너무 쉽게 떠나버린
머나먼 영원의 등굣길 출근길
강 건너 다리 건너
기어이 못 건너고 물 젖은 영혼
제자리걸음
못 떠나는 정 세찬 강물은
다리 기둥 맴돌아 밤새워 운다

* 어망절 : 놀랍고 절박함에 정신을 차릴 수 업음

상아 질팽이

입술 인주 연지 바르고
출납 방 단발 무기로 가파른
수신고 고지 기어올라 한숨 돌리려면

감사 덫 덤불 길
사고 위험 낭떠러지 벼랑길
둥 떠밀려 엉덩방아 코방아

작두, 날 춤추는
어설픈 무녀의 춤사위로
애환들의 뿌리마다 넘나드는 뜀박질

땀으로 미끄러 내리는
긴 네 허리를 움켜쥐고는
맨발로 살얼음 건너는 숨 고르기 심호흡

꿈이 말라 가는 저녁 일곱 시
아직도 주판알 기총 소사는 불을 뿜건만
입출고지 점령은 늦어만 간다.

허기진 청춘은 주름지고
행복은 다방 찻잔에서 식어만 가는데
사랑이 메아리치는 전화벨 소리 전화벨 소리

* 상아 질팽이 : 가늘고 긴 상아 도장을 비유

황사 바람

시장바닥
물간 동태 눈깔 속으로
얼비치는 하늘
울컥울컥 산성비 토해내는 비릿한 구역질

성에 낀
유리창 너머 막가는 세상
안개 속에 숨 막혀 죽은 공룡의 피멍 든 궁둥이
자동차 쏟아져 내리는
아스팔트 시궁창 속을
건너갈 길목조차 잃은 충혈된 퇴깽이 눈망울
갓 맺힌 꽃을 따서
함부로 버리는 철부지 소녀야
비 오는 밤 우산도 없이
헤매는 떠꺼머리총각아
달빛이
쓰레기통 굴리는 밤이면
코 먹은 녹슨 깡통들이
너도나도 일어나 춤을 춘다
어디서 불어오는 바람

어디서 들려오는 소리
지옥으로 달리다
탈선한 기관차의 가련한 기적소리
황사 바람 내리는
거대한 지옥문 입구에서
허기진 염라대왕 피 묻은 웃음소리

망월동

망월동에 잠든
마지막 정의와 진리는
아리랑 가락 되어 넘어가고
서해 바다 파도로
울부짖던 함성소리
무참한 총성을 자장가로 잠잠하여라
아비규환 전쟁 놀음
마구 쏘아대는 눈먼 총포 소리
무쇠 갈아먹는 불가사리 이가는 소리
시퍼런 칼끝으로
무지개 지는 젊음이여
외마디 소리 나 어린 순결이여
아픔이 아픔이
신음뿐인 섬뜩한 불안
숨 막히는 초조 등줄기 오싹한 살기
불끈불끈 화약 냄새로 광란하는
썩은 별들의 하늘 가리운 분탕질
영문 모르고
연못가를 뛰놀던 어린 동무들
우르르 죽음의 문턱으로 달리던

검정 고무신 과녁 되어
들꽃으로 처참히
누어버린 서러운 한나절

무명옷자락
단군 님 핏자국 얼룩지고
삭막한 망월동엔
상한 갈대들 신음소리 바람 소리

촛불

당신은
한 편의 역사를
한 구절 노래로 불러야 하고

한 조각
작은 돌멩이 혼을 불러내어

촛불같이
저절로
흔들리게 하여야 한다.

쩡쩡 억만년 얼어붙은
빙산이 박동하여 덜컹이게 하고

풀벌레
시린 상처를
다사로운 볕발로 속삭여 주어야 한다.

메마른 가슴
들풀로 누운

허기진 발길들 위로
새로운 기름으로 타올라

한 포기
엉겅퀴로 꽃 피워
역동의 맥박 소리 땅끝까지 진동하여

온 누리에
영원토록 번져 나아가게 하여야 한다.

새천년에는

새천년에는
이 나라와 민족 위에
행복으로 사뿐히 내딛는
발길이 열리게 하소서
그동안 막혔던 응어리들이
강물같이 풀려
한없는 꿈이
오색구름으로 떠올라
하나하나 이루어지게 하소서
사뭇 영광들이
줄줄이 꽃송이로 피어나고
발목 보드라운 벌판 길이
내내 펼쳐지게 하시라
그리하여 끝없는 미로를
사랑하는 사람과 지치도록 헤매게 하소서

새천년에는
너와 나보다는 우리라는 어우러진 정으로
얽혀 사는 날이 많아지도록 노력하기로 작정하오며
무심히 짓밟히는 들꽃 한 송이를

아픈 마음으로 어루만지는 작은 손길이게 하소서
재물과 권력 앞에
굽어진 양심이 부끄럼인 줄 채찍질하여 주시고

줄 서고 질서 지키는 약자 뒤에
따라 줄 서는 겸손이 백의민족의
선비 정신임을 깨달아 긍지로 느끼게 하시며

땀과 진실이 없는 돈으로
고고하고 성스러운 척하는 만용에
얼굴빛이 붉어지고
숨이 가빠지는 양심이 돋아나기를 원하옵니다.

두레패

질 나래비 훨훨

온 동네 장정들

호미 들고 얼럴러 상사디야

요란한 열두 마치 풍장소리

큰 깃대 앞장 세워

위세 당당 두레패여

고라실 질안배미

알토란 한 섬지기 논바닥

U.R 올가미 표 쇠, 밧줄로

목 졸려 끌려가며 신토불이 신토불이

절컹 절컹 논두렁 심장 밟는

징 박은 구두 소리

얼어붙은 눈물 쩡쩡 갈라지는 하늘

베일 듯 날이 선 서릿발 위로

안방까지 들여보는

인공위성 심지 돋군 불빛

시린 입술

웃음 잃은 창백한 달빛

잡초로 얼굴 마구 가린

구석배기 뙈기밭 맨발로 떨고 서서

밭고랑 지켜 주던 소나무 한 그루

서걱서걱

무궁화 꽃망울 더듬는 더러운 손

바다 건너온 키 큰 억새풀 뿌리치며 몸부림 절망의 몸부림

유령 옷자락 춤추는 텅 빈 초가삼간

드라큘라 노랑 털 서양 귀신

피 묻은 몽당비 도깨비

왼 다리 걸어 버리는 씨름판

바이킹 허수아비 디스코 추며 훠어이 휘

U.R 새 부르는 소리 참새 쫓는 대포 소리

* U.R : 우루과이라운드

* 도깨비 : 초경의 피가 몽당비에 묻으면 도깨비가 된다고 하며 도깨비
        는 술 취한 사람을 만나면 씨름을 하자고 놀린다는데 왼다
        리가 짧아 왼 다리를 걸어 이길 수 있다함

못난쟁이

한데 측간
거적때기 문틈으로
비치는 하늘이
무너져 내려
앞산 날 망 반이나 잠겼다

우당퉁탕
소나기 쏟아붓는 아픔들이
함석 차양 목 터지라 울부짖고

하늘나라
부싯돌 다 부서지고 깨어지는
번개 불빛들의 현란한 불꽃놀이
어지러운 상모 돌이 풍물놀이

절구통 마구 굴려
몰아치는 천둥소리
갈라지고 찢어지는 벽력 소리

우르르 절벽 무너져
지옥문 열리는
통곡으로 몸부림치는 산자락

자꾸만 흘러내리는
잠뱅이 괴춤 움켜쥐고는

부끄럼같이
검게 탄 얼굴이
죄가 될까 봐
손바닥 하늘가려 내닫지 못하는
못난쟁이 가난뱅이

인사동

인사동
건국 빌딩 안에
건국 다방
퇴색한 플라스틱
유엔 팔각성냥 통
됫박 성냥 장사가 아직도 있을까?
이 빠진
사기 재떨이 부러진 성냥개비
굴속 같은 다방 안으로
굴뚝새 같은 사람들이
석양을 툴툴 털며 모여들고
화랑마다
개 다리 줄 탁자에
한 상 차리는 수요일 오후
넝마 걸친 털북숭이
개똥 모자 눌러쓴
얼룩빼기 洋아치들 몰려다니고
방물장수 외침도 잠잠하고 북적대던 발길도 뜸 한데
땅거미 쓸어모아
별도 달도 가리운 어둠은

가로등 아래 외로운 꿈을 다독이고
밤을 새워 추억을 부채질하는 민화 한 점

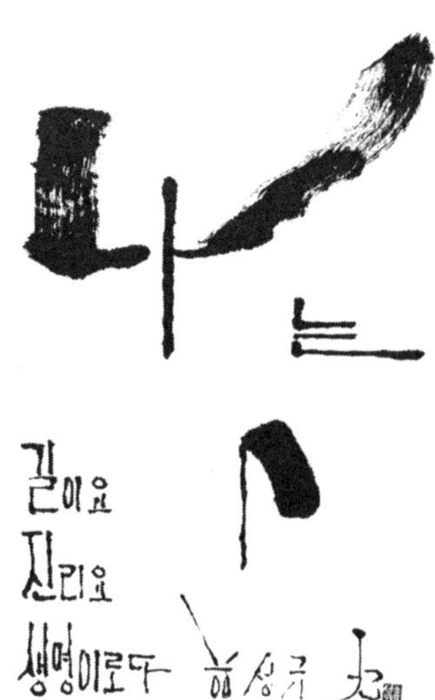

억하심정

양심의
심장을 도려내는 칼날
선연한 핏방울
지은 죄만큼의 고난과 굴욕을
혀로 핥아 바늘 끝에 찍어
제 얼굴에 문신으로 새겨 넣는다
욕망의 언덕
벼락 맞은 장승 얼굴
저만의 고난을 앓고
아무렇지도 않은 세상을
어렵게 어렵게만 사는 뒤틀린 삶들
깨진
사금파리 조각에서 반짝이는 햇살
검은 두건 쓴
저승사자 칼날이 아직도 있을까?
더러운 죄악들을
푼돈과 권력으로 흔드는 악마의 춤사위
어지러운 목숨들이
변명의 징검다리 건너
영혼의 계단을 미끄러 내리는 뾰족 고무신

은하수 개천에서는

물방개며 조가비 줍던 추억들

바람 타고 미나 다리 건너는 무지개 공주는

치맛자락 물드는 청보리 벌판에서

때아닌 소낙비에 갑사댕기 얼룩지고

오염된 강물을 건너

황홀한 치장으로 행복의 문을 두드리는

망치 소리는 또 누구의 가슴에

대못을 치는 억하심정입니까

* 미나 다리 : 강경 지역들에 있는 옛 돌다리

사랑

사랑
부끄러운 말

장미꽃 한 송이로 불려나 질까?
난초 꽃향기로 비교나 될까?

사랑
누구라 함부로 말로 다 하리
자다가도 가슴이 울렁거리고
아는 길도 어면 길로 돌아듭니다

사랑을 안다고는 나서지 말고
저마다 느낌대로 그저 하세요.

세월의 깊이만큼 저절로 익어
얼음장 가슴으로 붉게 물들면
겉으론 사랑 타령 말도 못 하고
마음으로 무르익는 홍시감 사랑

사랑과 열병을 구분하세요.
열병을 사랑인 줄 잘못 알고서
맹목으로 부나비 춤추지 마세요
영혼도 불타올라 재가됩니다.
한평생 두고두고 후회합니다

컴퓨터

자판에 엎드려

깜박 졸다가

기척에 눈을 떠보니

컴퓨터가 암말 말고 잠이나 자라 삿대질

잠든 척 눈썹 사이

모니터엔 꿈결이듯

부모님과 정겨운 형제들

추억의 한마당이 열렸습니다.

야 너는 누구냐

잔말 마 나는 네 혼이야.

네 혼이 컴퓨터 칩 안으로 빨려 들었어.

그러면 네가 신이냐?

화면 깊숙이 잠기는 영혼

머릿속

흐르는 전자파

복제돼 갈라지는 혼들의 분열

밤새워 잊었던 고향 이야기

마주 앉자 장기바둑 다투며 두는

나와 나의 숨가쁜 대결입니다.

술이나 한잔하자 잔을 기우니

덩달아 달아올라 붉어진 얼굴
육신이 다 하여
혼이 칩 안에 들면
정만은 친구들과 꿈을 나누는
영원토록 죽지 않는 영생인가요
신의 세계 천당 가는 길목인가요
육신은
잊혀진 추억이 되고
모니터 얼굴로 자판 춤추며
돈타령 권력 타령 영원한 숙제
밤새워 푸는 벌로 잠 못 듭니다.

칼로 물 베기

오늘도
아내와 난
삶의 때인 돈 문제로
감정에 불신의 담을 높여
배신감에 떨어야 했다
깨끗이 때를
벗기려는 행주치마 물 젖은 손길
더럽게 때를
더 끼이려는 두더지 땅굴 파기
쇳소리
얼어붙은 가슴
하늘이 빙산으로 무너지는 소리
쇄빙선 얼음장 깨는 굉음소리

안으로 걸어 잠근
자물통 녹이 슨다

마파람 불던 동산엔
선 잠든 고요
아내는 꽃망울 방망이질

북 치고 나서는 세기의 연금술사

수줍은

웃음으로 녹슨 자물통을

바람같이 열어젖히는 해맑은 얼굴

먼 하늘

알몸으로 돌아눕는 시린 부끄럼

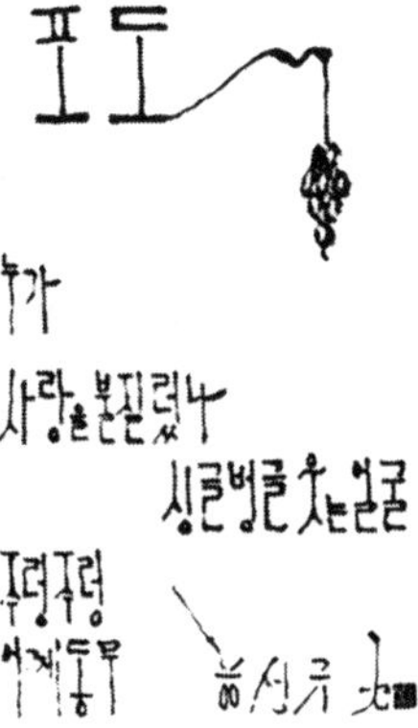

그날

1x1=1

23. 4. 2000

온 우주가

전혀 새로운 기운에 점령당하고

기센 손끝마다 젖는 땀방울

첨단 우주기지에서는

또 다른 강한 기운 감지에

탐지기능은 정지되었으리

미래의 지도자들은

가위눌리는 꿈에

숨차 올라 그칠 줄 모르는 밭은기침

천지개벽 이후

처음 덜컹이던 태양은

비틀대는 옆 살걸음

광풍으로 싱싱한 산맥들을 치달아

서울, 평양, 북경, 파리, 밀라노,

프라하, 시드니, 카이로, 런던

질풍은 노도를 몰아

일본열도까지 순식간에 휩쓸고
갈라지는 바다
보일 듯 솟아오른 이어도 뱃길
온 우주는
틀을 다시 짜는 몸부림
짚방석 우주 열차는
버들 창문 노래로 흔드는 꾀꼬리 합창
깃발 든 장끼 차장이
무아의 여행을 떠날 그날 무한 기다리고

아무도
잠들지 않는 풀잎 정거장
불끈불끈 화통 달구는 반지꽃 기적소리

하늘 구경

낮술에 취한 해가
서산 날 망 코방아

찡하는 아픔

콧물인가
핏물인가
콧등에 불붙었다

산불로 타오른다
노을로 펄럭인다

구름으로 지피는
하늘나라 불 잔치